ADOTTARE UNA STELLA

Illustrazioni di Monica Miceli
Testo di Massimo Mostacchi

SAN PAOLO

In un villaggio poco lontano da qui vivono Ernesto e Maria, una coppia di giovani sposi.
Nelle notti d'estate, invece di guardare la televisione,

siedono sulla porta di casa per seguire
lo spettacolo offerto dalla natura,
contemplando il cielo stellato.

All'improvviso si stacca dal cielo una stellina e cade velocissima verso la Terra.
Maria prende la mano di Ernesto e gli dice:

«Presto, esprimi un desiderio. Non devi dirlo, altrimenti non si avvera». Tenendosi abbracciati Maria ed Ernesto osservano la stella.

All'alba, dopo un'abbondante colazione, Ernesto va a lavorare nei campi. È soddisfatto della sua vita e perciò tutto gli sembra più facile.

Sull'aia gli animali attendono impazienti l'arrivo di Maria con il cibo per tutti. Oggi però la circondano inquieti: sembrano volerla portare da qualche parte...

Maria li segue incuriosita. Tutti insieme escono dal cortile, attraversano un campo, poi una collina, poi

un viale alberato. Quando Maria si è stancata di camminare e sta per tornare a casa...

…lì, tra i cespugli, scorge qualcosa che si muove dolcemente.
Si avvicina a un fagotto e, con il cuore che le batte forte, vede una bellissima bambina che dorme.

In un attimo l'emozione diventa un'immensa gioia. I pensieri e i progetti di Maria per quella bambina trovata tra i cespugli corrono più in fretta delle gambe che la portano a casa.

Ernesto, al suo rientro, è felice di trovare una bambina in casa, ma è anche preoccupato. « Da dove viene? Chi saranno i suoi genitori? La staranno cercando? ». Maria non si pone tante domande: vuole tenerla con

sé e basta, ma si lascia consigliare da Ernesto: « Va bene, cercheremo di sapere tutta la sua storia prima di tenerla per sempre con noi», dice sorridendo alla bambina che si è addormentata tra le braccia di Ernesto.

Di buon mattino Ernesto e Maria si mettono in

cammino per fare il giro di tutti i paesi vicini.

Di villaggio in villaggio, Ernesto chiede: «Sapete chi è questa bambina? Conoscete i suoi genitori?». Nessuno è in grado di dare informazioni o notizie.

A sera Ernesto e Maria tornano a casa stanchi: « La bambina resta con noi », decide Ernesto soddisfatto. «Si chiamerà Stella », dice Maria, finalmente serena.

Stella cresce felice e sembra avere una particolare simpatia per la natura. Nella sua fantasia diventa un

giorno una spiga di grano, un altro un fiore e così via, in un gioco senza fine.

Ernesto e Maria le vogliono sempre più bene e hanno smesso di chiedersi da dove proviene. Stella è ormai in tutto e per tutto la loro adorata bambina. Sanno

che, nella notte delle stelle cadenti, entrambi hanno espresso il desiderio di avere una figlia e che questo desiderio si è avverato.

Intanto il cielo è in gran subbuglio: le stelle si sono accorte che una di loro manca e, dopo grandi

esitazioni, decidono di esplorare anche la Terra, alla ricerca della stellina perduta.

Alle prime luci del mattino esplorano i monti, le colline, il mare, le città e i villaggi mentre la loro

luce diventa sempre più pallida. Cerca e ricerca, la stellina sembra scomparsa senza lasciare tracce di sé.

Scoraggiate e tristi le stelle stanno per tornare in cielo... ma, improvvisamente, lungo un viale alberato, scorgono una luce fioca che emana da una

bambina intenta a saltellare allegramente con il suo pallone. «È lei la nostra stellina! È lei, è lei», sussurrano tremolando dall'emozione.

Le stelle seguono la luce fino al giardino della casa di Ernesto e Maria. Quando i genitori accolgono Stella tra le braccia, le piccole luci ruotano intorno

a loro per cogliere tutto l'amore che li unisce. Come strappare una stella di bambina a dei genitori che l'amano tanto?

Ormai è sera e le stelle tornano a brillare nel cielo. Ritorneranno ancora, ogni anno, per vedere la loro

stellina e per seguire le altre fragili luci che si aggirano sulla Terra.

FIABE IN FAMIGLIA

1. *Il pesciolino grigio*, 2ª ed. di Donata Dal Molin Casagrande
2. *Adottare una stella*, 2ª ed. di Monica Miceli e Massimo Mostacchi
3. *Il mistero del condor*, di Rosa Elena Polastri
4. *Papà Guglielmo e gli uccelli*, di Salvatore Sciascia e Gloria Sartori
5. *Il re Pigrone*, di Monica Miceli e Massimo Mostacchi
6. *La sfera delle meraviglie*, 2ª ed., di A. Lobato e D. Dal Molin Casagrande
7. *I pozzi di Eugenio*, di Beppe Mecconi
8. *Il carro armato dal cuore tenero*, 2ª ed di Gino Gavioli
9. *Candido lo spazzacamino*, di Gino Gavioli
10. *Bolle di sapone*, di Monica Miceli e Massimo Mostacchi
11. *Il polpo campanaro*, di Beppe Mecconi
12. *Il segreto del nonno*, di Francesca Salucci
13. *L'elefantino e il mare*, di Sofia Gallo e Simona Cillario
14. *Il cappello di Foglietto*, di Elena Bono
15. *Ghiacciolino*, di Giulia Aldovini e Monica Miceli
16. *Tobi e la spugna*, di Roberta Fabbri
17. *Il Paese dei Silenzi*, di Sandra Bersanetti
18. *Amici a primavera*, di D. Maraga e D. Dal Molin Casagrande
19. *Celestino, bambino piccino*, di G. Aldovini e M. Miceli
20. *Iris e il gatto Nero*, di Elli Ot
21. *Il fantasma spaventamostri* di R. Gostoli e L. Gazzaneo
22. *L'albero di Sofia* di A. Benevelli e N. Bertelle
25. *Il gigante e il mare* di R. Gostoli e L. Gazzaneo

Seconda edizione 1997

Piazza Soncino, 5 - 20092 Cinisello Balsamo (Milano)
Distribuzione: Diffusione San Paolo s.r.l.
Corso Regina Margherita, 2 - 10153 Torino

Stampa: Società San Paolo, Roma